KB268893

39
도
5
부

39도 5부
이정원 제2시조집

초판 인쇄 | 2010년 06월 25일
초판 발행 | 2010년 06월 30일

지은이 | 이정원
펴낸이 | 신현운
펴낸곳 | **연인M&B**
디자인 | 이희정
기 획 | 여인화
등 록 | 2000년 3월 7일 제2-3037호
주 소 | 143-874 서울특별시 광진구 자양동 680-25호(2층)
전 화 | (02)455-3987 팩스 | (02)3437-5975
홈주소 | www.yeoninmb.co.kr
이메일 | yeonin7@hanmail.net

값 12,000원

ⓒ 이정원 2010 Printed in Korea

ISBN 978-89-6253-064-3 03810

이 책은 연인M&B가 저작권자와의 계약에 따라 발행한 것이므로 본사의 허락 없이는
어떠한 형태나 수단으로도 이 책의 내용을 이용하지 못합니다.
  잘못된 책은 바꾸어 드립니다.

39° 5′

연인시선 02

39도 5부

이정원 제2시조집

들숨도 열에 들떠 잉잉 귀에 울고
먼 별빛 한 끝을 바라 초야처럼 숨죽이면
눈금은 한계선을 넘어 갈림길을 오간다

가슴을 저며놓는 그렁이는 눈물 받아
소름처럼 돋아나는 그리움 너는 알까
사랑니 덧나는 밤을 몰래 품어 않는가

연인M&B

겁도 없이 두 번째 시조집을 상재한다.

첫 번째 시조집을 낼 때의 그 멋쩍던 기억들이 채 가시기도 전에 두 번째 시조집을 펴내면서 혹시 내가 우화 속의 '벌거벗은 임금님' 이 되는 것은 아닌가 하고 겁부터 나는 것이 솔직한 심정이다.

스스로 자기 도취에 빠진 것은 아닌지 걱정이 앞선다. 이제 또 하나의 멍에를 걸머지게 되었다.

아내(홍오선)의 성화에 못 이겨 이 시조집을 내면서 과연 내가 그동안 '냉철한 머리와 뜨거운 가슴' 으로 글을 써 왔는지 새삼 뒤를 돌아보게 된다.

늘 곁에서 용기를 북돋아 준 아내와 친구들, 그리고 격려와 성원을 아끼지 않으신 몇 분의 선배 시조시인님께

이 지면을 빌어 한없이 감사하다는 말씀을 드린다.

　창밖으로 싱그러운 나뭇잎들이 6월의 녹음으로 파랗게 물들어 있다. 이 좋은 계절에 무뎌진 펜 끝을 세워 멋진 시조 한 편을 쓰고 싶은 욕망이 가슴 가득히 넘쳐난다. 다만 의욕만 넘쳐나는 것이 아쉬울 뿐이다.

　끝으로 졸작에 발문을 써주신 박현덕 선생님과 나를 아는 모든 분들, 그리고 출판사에 깊은 감사를 드린다.

2010년 6월

지산 이정원

제1부 39도 5부

제2부 노을로 서서

제3부 가을 백담사

제4부 곳감

제1부
39도 5부

들숨도 열에 들떠 잉잉 귀에 울고
먼 별빛 한 끝을 바라 초야처럼 숨죽이면
눈금은 한계선을 넘어 갈림길을 오간다

가슴을 저며놓는 그렁이는 눈물 받아
소름처럼 돋아나는 그리움 너는 알까
사랑니 덧나는 밤을 몰래 품어 앓는가

39° 5′

들숨도 열에 들떠 잉잉 귀에 울고
먼 별빛 한 끝을 바라 초야처럼 숨죽이면
눈금은 한계선을 넘어 갈림길을 오간다.

가슴을 저며놓는 그렁이는 눈물 받아
소름처럼 돋아나는 그리움 너는 알까
사랑니 덧나는 밤을 몰래 품어 앓는가.

소묘

넉넉함을 마주하고
기다림을 마십니다

깊어진 우리 인연
찻잔 가득 우려내어

마음을
채워 가는 법
에서 조금 배웁니다.

욕심도 좀 비우고
세상 일도 내려놓고

가득히 차오르는
고요 한 모금에

나른한
일상을 벗어
비우는 법도 익힙니다.

개여울

예행연습 한 번 없이
멀고 먼 초행길을

돌부리에 채이면서
연이어 흘러간다

옛정은
두고 가야지
한 생각도 버거운데.

여울목 언저리에
부대꼈던 세상일도

징검돌 하나 없이
그저 달려왔구나

종착역
가는 중간엔
간이역도 없나 보다.

저 손짓

고샅길 돌고 도는
바람처럼 다가와서

내 안을 기웃대는
낯익은 그림자 하나

조붓한
길을 내면서
가로질러 가는 너.

몇 밤을 새워야만
섬돌 한 층 앉혀놓을까

꽃잎을 베고 누운
사월의 저 손짓에

청태 낀
마음의 회랑에
누가 켜는 등불인가.

거미줄

이리 눈부시도록 가위 눌린 욕망 앞에
뉘 있어 저 보석들 실실이 꿰어났나
유혹의 손길일수록 쉬이 지는 꽃이었다.

촉수를 치켜세워 눈 한 번 깜빡이면
나도 몰래 한 발자국 그 앞으로 다가서서
가진 것 다 털리도록 떠날 줄을 몰랐다.

자화상

가슴 몽땅 비운 후에 휘청이며, 서걱이며
풋감 같은 지난날을 용케도 끌고 왔다
물러설 한 뼘의 땅마저 그림자에 빼앗긴 채.

등덜미에 짊어진 피곤한 삶의 무게
허물처럼 한 꺼풀씩 도심 위에 벗어놓고
빛바랜 회색의 거리에 휘갈겨 쓴 이력 한 줄.

올려다본 눈빛마저 죄다 사치였구나
고단한 나래 접고 어디쯤서 쉬어 가나
희미한 달무리처럼 남은 날이 저리 먼데.

조약돌

날마다 조금씩 잔뼈가 깎였다
몸살을 앓도록 맨살을 저며 냈다
그렇게
죄명도 모른 채
몸 곳곳 정(釘)을 맞았다.

너럭바위 우는 소리 멀리서 또 들려온다
오랜 날 뒤채던 몸, 금 한 줄 가나 보다
탯줄을
놓는 순간에
다시 열리는 고행길.

어물전 이야기

노을 잠긴 고향 바다 입 안 가득 물고 와서
날 세우던 등뼈마저 투항하듯 접어놓고
서러워 감지 못했네 촛점 잃은 눈자위여.

비워줄 가슴에는 두고 온 바다 내음
접어내린 비늘에는 뒤척이는 은빛 물결
밝은 귀 닫아 내려도 차오르는 파도 소리.

기웃대는 어스름녘 어둠 어린 난장에서
마지막 목숨 값을 토해내는 서걱임에
묻어 온 해풍 한 자락 장바구니에 얹힌다.

외줄

아슬아슬 저, 외줄이 어디 광대뿐이겠나
마른 입 닫아 걸고 먼 눈빛 길을 닦아
한사코
나를 버려야
너 있는 곳
닿는단다.

눈썹달

수취인 거기 없어도
할 말은 이리 많아

사위는 가슴앓이
그믐달에 걸어놓고

해마다
부치지 못한
눈물 젖은 가을 편지.

붉은 오랏줄

가다 멈춘 몸짓인가
가물가물 저 먼 외길

스치 듯 지나쳐도
어디선가 꼭 본 듯한

인연은
붉은 오랏줄
한평생 풀지 못할.

네 눈빛이 보고파서
하늘끝도 열어 보고

긴긴밤을 지새워도
왜 갔는지 나도 몰라

행여나
나를 부를까
내 귀는 또 열린다.

어떤 이별

차라리 제자리에
선 채로 굳을 것을,

산 하나 넘어서니
그 골짝 더욱 깊다

눈발이
휘몰아친 이유
그땐 왜 몰랐던지.

떨쳐도 되감기는
천형의 멍에 쓰고

눈물 그렁그렁
힘겨워도 밀고 끌고

그 끈을
놓으라더니
어찌 또 잡으라는가.

달무리

십 년을 하루처럼, 하루를 십 년처럼
그날이 어제런 듯 가슴에 매달린다
빙그레 웃는 네 얼굴 달무리에 환하다.

그날만 비꼈으면 아무 일도 없으련만
누구 탓도 아니라고 손사래를 쳐보아도
그리움 형벌이 되어 이 밤 눈물 내리다.

꽃밭

서쪽 하늘 물들이던
야윈 손 시려 올 때

지쳐 누운 노을 한 끝
천상(天上)에다 매어 걸고

누군가
눈물을 풀어
고천문을 쓰나 보다.

제 몸을 낮춰가며
해가 지고 있다

안간 힘 버티어도
가위 눌려 살아온 날이

한순간
꽃으로 피어
차마 눈뜰 수 없네.

겨울 이야기

산마루 능선 따라 안개가 자욱하다
함지박에 꽁꽁 얼린 내 고향 겨울 홍시와
돗자리 노끈 꼬시던 할아버지 기침 소리.

별만 총총 새벽길에 사 남매 집을 나서면
어머니 휑한 가슴 언 뺨을 녹이신다.
아득히 길을 내시는 가르마 흰 머리칼.

눈 덮인 장독 속엔 짠하게 간이 들고
할머니 손마디는 청솔가지 그것처럼
지금도 군불 집히시나, 아랫목이 따스하다.

빗장

이승의 햇살 거둬 마지막 감기는 눈
꽃으로 피던 꿈이 칠흑 속에 묻힐 적에
외마디 날카로운 비명 피눈물로 굳었구나.

울부짖던 목울음이 찬 서리로 내려앉아
목덜미 잡아끌어 소름으로 돋는 건가
생과 사 넘나들던 절규 귓전마저 시리다.

저주 속에 지친 영혼 촛농으로 녹아내려
누백년 눈 못 감고 어둠 속을 헤매더니
한 맺힌 빗장이 풀려 아, 이제사 하늘을 보네.

*북경의 명 13릉 중 만력 황제가 묻혀 있는 정능 안에는 궁녀
 60명을 산 채로 함께 순장하고 도망가지 못하게 앞뒤로 채웠
 던 두 개의 빗장이 있음.

한 뼘의 통곡
―베를린 장벽 앞에서

한 뼘 벽돌을 쌓아
닫아걸은 분단의 벽
눈물 적셔 두드리던
피맺힌 슬픔들이
녹이 슨 베를린 역사
멍울로 박혀 있다.

부르면 들릴 듯한
담 하나 사이에 두고
얼마나 못 다한 말
저 너머로 오갔을까
애닳다, 시간의 상처
낙서 한 줄 쓰다듬는다.

내림굿

사루어 낸 뉘 영혼이
이 밤을 헤매는가

온몸에 둥둥 뜨는
수천 개 열꽃이여

발걸음 머뭇거리며
한 줌 재가 날린다.

제2부
노을로 서서

삶이란 꽃잎 같아
떨궈야만 여문다기

샘물처럼 솟는 생각
핏줄마다 채웠는데

이렇듯
빈 수레구나,
꿈쩍 않는 저 눈금

초승달

절절한 네 생각을
바람이 다 업어가고

긴긴밤 촛대 끝에
눈물로나 맺더니

다 못한
내 한마디가
눈썹달로 뜨는 밤.

노을로 서서

사위는 노을 자락
눈시울에 내려놓고

고갯마루 넘어가는
내 무게는 얼마일까

세월이
오두마니 앉아
지켜보는 저울 눈.

삶이란 꽃잎 같아
떨궈야만 여문다기

샘물처럼 솟는 생각
핏줄마다 채웠는데

이렇듯
빈 수레구나,
꿈쩍 않는 저 눈금.

흔들리는 강

하늘이 내려앉았나
온통 쪽빛 물감이다
시침 뗀 푸른 속내
가만히 셈을 하면

기우뚱
물수제비 뜨는
저녁노을 보인다.

한 폭 깃발 펼쳐놓았나
은빛 물결 반짝인다

팽팽한 물비늘이
갈바람을 일으키고

갈대밭
서걱이는 소리에
흔들리며 흐르는 나.

덫

흐드러진 장미 꽃잎
그 향내 다르듯이

타고난 목숨 줄이
탈을 쓴 듯 묘연하다

에돌아
흐르는 강에
천의 얼굴 숨겼는가.

구름처럼 살아온 길
참으로 허망하다

가쁜 숨결 뉘어놓을
적멸의 한순간에

간곡한
목숨의 오늘
눈시울에 걸린다.

놀 그림자

세월을 이고 섰는 야윈 목 언저리에
주춤대는 노을 자락 나이테를 헤고 있다
영마루 위에 매달린 저, 붉은 놀 그림자.

해거름 등에 업고 지난 일을 헤아린다
간이역 하나 없이 급행으로 달려온 길
천천히 돌아볼 것을, 남은 해가 너무 짧다.

늪

오랜 침묵에 들어
너 말을 잃었을 때

안으로 끓는 속내
내색 한 번 하지 않고

해종일 어둠을 안고
홀로 앓는 자폐증.

목까지 차오르는
세상일을 묻어두고

아닌 듯 시침 떼며
끝탕 혼자 삭이는지

한밤중
끄르륵거리며
뒤척이는 물비린내.

백조

면사포 고이 접어
갓 피운 미소 속에

딸아이 뒷모습 같은
애잔함이 서려 있다

내 손을
꼭 잡은 채로
사뿐 걷던 그날처럼.

누구의 영혼이 실려
저리 온몸 순결한가

나 잠시 바람 되어
너의 깃에 입 맞추면

그 빛깔
내 맘을 물들여
비로소 애비가 된다.

서울 불빛

길게 느린 그림자를
수채화로 밑칠하고

강을 베고 누운 고요
물비늘로 반짝이며

도시가
껴안는 밤은
따스하고 외롭다.

피곤한 삶의 마디에
놓여 있는 말없음표

빛살로 엉킨 갈등
여울목에 흘려보내고

실눈 뜬
강변을 돌며
잠 못 드는 서울 불빛.

아내

사십 년 그 세월을
뒤꿈치에 매달고서

그날의 주인공 되어
덕수궁길 거닐었다

낙엽이 아는 체하며
어깨에 내려앉네.

돌담길에 놓아둔 말
아직 귀에 생생한데

해 맑던 웃음소리
얼마만큼 앞서 갔나

멀어서 깊어진 하늘이
가을을 다 덮는다.

세월의 갈피만큼
주름살 더욱 깊어

몇 번쯤 여기 더 올까
큰맘 먹고 헤아려도

당신의 웃음 그늘이
아직은 넉넉하네.

아, 숭례문

한 많은 영욕의 역사
몸을 떨며 지켜보던

당신의 그 큰 가슴
휑하니 뚫렸습니다

다 마른 눈물이 되어
활활 타고 말았습니다.

대한민국 국보 1호가
맥없이 주저앉은

단청이 울기까지
육백 년이 울기까지

무엇을 대신하려는
소신공양입니까?

달동네

고향 볕 널던 뜨락
숨구멍을 꼭꼭 막아

꽃씨 한 줌 거두기도
하마 벅차구나

가난도
죄인 양 싶어
외진 길을 걷는다.

가진 것 죄다 털려
뒷걸음 쳐 다다른 곳

서러운 노을빛만
등성이에 걸어놓고

오르고
또 오르는 길
허한 손이 시리다.

어머니 생각
―다듬이

빛 바랜 하루 끝을
호롱불로 밝혀놓고
느슨한 허리춤에
매달리는 고단함을
다독여
마름질하듯
또닥또닥 두드린다.

죄없이 엎드린 가난
한을 풀 듯 두드려도
목울대에 차오르는
앙금으로 쌓인 설움
아직은
그칠 수 없네
중중모리 회심가여.

십 리 밖 먼길까지
장단 맞춰 뽑아내면
명치 끝에 맺힌 멍울
온 밤내 삭으련만

꿈길에
어머니 만나
그 가락을 맞춰 볼까.

어머니 생각
―손

씨줄로 한숨 엮고
날줄로는 달래시며

멍에처럼 지고 살던
가난의 대물림들

켜켜이 쌓인 설움에
눈썹달이 떠오르고.

꼭지만 남겨놓고
감꽃이 떨어지듯

한시도 쉴 날 없이
일을 달고 사셨던

어머니, 갈라진 손등
화인처럼 찍힌다.

어머니 생각
―낙숫물

지루한 장마 끝에 처마 밑에 매달려서
가난을 찧으시던 어머니 야윈 손등을
맨 가슴
울먹거리며
넘겨 보던 그해 여름.

보릿고개 앞세우고 유월을 태질하며
하루 해 마름질하다 자아내는 숨결인가
세월 속
눈물로 내리던
그 사랑을 이제 보네.

어머니 생각
—기일(忌日)

추임새 하나 없이 혼자서 부르시던
서리서리 돋는 한을 빗소리로 듣는다
홑이불 시침질 끝에 땜땜이 꿰던 독백.

홀로 견디느라 등굽어 휘인 생애
먼저 가신 님 생각도 백발처럼 바래더니
한 많던 구십삼 년 세월 꼭 쥐시고 가셨는가.

해마다 이맘때쯤 아버님 동행하여
애지중지 키워냈던 자식새끼 반가워서
더운 밥 한 그릇에도 미소 환히 지으시리.

어머니 생각
—옹달샘

실낱같이 얽힌 緣을
자르기가 쉬우랴만

자식 향해 늘 비워둔
가슴 한복판에

즈믄 밤
눈물로 고인다,
어머님의 정한수.

어머니 생각
―저 달

보리방아 찧던 초저녁
총총히도 별은 뜨고

이즈러진 제 몸 밝혀
저 달은 환히 운다

못 박힌
어머니 손에
안타까운 항아님.

어릴 때 보던 달이
오늘 다시 떠 있는데

어머니 냉가슴은
그믐으로 기울어져

까맣게
타들어 갔던
보릿고개 그 긴 고개.

어머니 생각
―억새밭은

사는 일이 힘에 부쳐 핏기 없는 저 흰머리
쓸어질 듯 일어서는 한 생이 펼쳐 있다
어머니 살아생전이 늦가을로 출렁인다.

들어줄 사람 없어 몰래 훔친 눈물자욱
무명 앞섶 거머쥐고 홀로 삭힌 이야기가
앙상한 뼈 마디마다 궁체로 흘려 있다.

봄의 고샅길

서산머리 서성이던
하루해를 늘려놓고

한바탕 높새바람
꽃 진 자리 흩고 가면

숨가삐
지름길로 와
물꼬 트는 숨소리.

산 중턱에 홀로 처진
양지녘의 잔설 몇 줌

잎샘바람 달려와
으름짱을 놓는데도

초록은
아랑곳없이
꼬물꼬물 실눈 뜬다.

제3부
가을 백담사

뼈 속까지 타겠구나 몸 저리 끓다 보면
뜬눈으로 뒤척이던 오랜 날의 열병처럼
어릴 적 비껴간 홍역 한꺼번에 앓나 보다

정수리로 번져가는 절정의 단심 앞에
마지막 가는 길이 노을처럼 서러워서
온몸을 비우려는 듯 몸을 티는 가을 산

우수(雨水)

짱짱한 늦추위에 문풍지 잉잉대도
실버들 가지 가지 꼼지락, 눈을 뜬다
내출혈
앓는 바람이
잠시 휘청인다.

겨울이 거기 있네

태백의 정수리에
흩날리는 진눈깨비

등 시려 서성이는
괴춤을 추커 매고

혼자서
웅크려 앉은 겨울이 울고 있다.

빙벽을 내리치는
주목의 울림소리

눈덮인 저 산마루
누구 발자취인가

화라지
한 짐을 지고 수음하는 태백 줄기.

가을 백담사

뼈 속까지 타겠구나 몸 저리 끓다 보면
뜬눈으로 뒤척이던 오랜 날의 열병처럼
어릴 적 비껴간 홍역 한꺼번에 앓나 보다.

정수리로 번져가는 절정의 단심 앞에
마지막 가는 길이 노을처럼 서러워서
온몸을 비우려는 듯 몸을 터는 가을 산.

분재

두고 온 고향 숨결
여과지로 걸러내면
가물가물 떠오르는
그 숲길이 밟힌다
소반 위 노송 하나가
우울증을 앓는 날.

수백 년 굽은 허리
그것이 천형인가
오라로 묶인 손발
주리까지 틀어댄다
아파라 잘리는 사지
내 죄명은 무엇인가.

벼랑까지 쫓아와서
그 죄를 묻고 있는
끝도 없는 탐욕의 손
거둘 때 언제일까
가만히 허리 굽히며
다친 발을 굽어본다.

쪽빛 고깔 눌러쓰고

하늘을 이고 앉아 꽃물감을 풀고 있다
대궁 끝에 쪽빛 고깔 비스듬히 눌러쓰고
청초한 저 제비붓꽃 내게 가만 말을 건다.

벌, 나비 외면해도 뜻은 높게 열어놓고
화선지에 배어나게 짙은 향 흩뿌리면
오채색(五彩色) 치는 붓대에 향기 절로 고이리니.

쪽빛 고깔 눌러쓰고

금강초롱

부끄러워
고개 숙인 채
첫날밤을
밝히더니

뒤척이는
호롱 안으로
단내음이 고여든다

문 하나
열리나 보다
네게 닿는
첫 숨결.

나팔꽃

행여 님 오시려나
삽짝문 밀쳐놓고

별빛 아래 앞섶 여며
가만가만 숨긴 속살

동틀녘 시린 햇살에
버거운 듯 몸을 연다.

여린 손 촉수 끝에
낱낱이 피운 열망

한나절 긴 목줄기
칭칭 감아가며

해질녘 노을에 안겨
물든 몸을 닫는다.

대나무

속을 비우기가
어디 쉬운 일이던가

올곧게 지켜가는
너를 보면 알 것 같다

마음이
휘는 고통을
댓바람은 알려나.

나무, 눈 뜨다

세월의 음계인 양 높낮이로 정좌하고
아슴한 는개 속에 꿈꾸는 나이테여,
음이월
달뜨는 소리에
초록이 눈을 뜨고.

삼동을 벗어던져 또 한 해를 추스리며
일제히 일어선다, 또다시 새 봄이다
꼿꼿이 등뼈 세우신
아버지 뒷짐처럼.

민들레 홀씨

꽃자루 몰래 열고
숨어 크던 그리움이

또아리 틀고 앉아
어미품에 잠들다가

혼자서
떠나는 신행길
낯설은 들녘으로.

엊저녁 그대 앞에
사뿐히 내려앉아

동트는 새벽머리
안개처럼 피었구나

수줍어
등 돌린 채로
몇 마디 말 띄우며.

나뭇잎 지다

난장처럼 질펀하게
굿 한판 벌리더니

눈자위 발그레하게
꽃불을 켜 들고서

물비늘
반짝거리며
내려앉는 저 은어 떼.

겨울 풍경화

지나던 칼바람이
청솔가지 흔들다가

탈골한 삭정이를
제 풀에 끌고 간다

뉘인가
청태 낀 바위에
겨울을 내리는 이.

삼동을 지고 가다
숲속에다 부려놓고

제 한 몸 잘라내어
오는 봄 앞세웠네

잔 솔잎
이는 바람에
가벼워진 겨울 한 폭.

가는 봄날

바람이 눕는 대로
꽃비가 쏟아진다

스란치마 앞자락이
살갑게 휘날리나

봄내음
오롯이 남아
지상 가득 묻어난다.

슬픔을 토해낼 때
향내는 짙어져서

꽃술처럼 휘는 가슴
가는 봄의 인사말들

하늘이
읽어내느라
꽃받침이 흔들린다.

바람꽃

내 설 자리 어디인가
그냥 바람이거라

오래도록 누운 강은
길을 잃은 낮달처럼

온몸을 감아 쥐고서
뒤척이며 흐르는데…

상사화 꽃대런가
스칠 수도 없는 인연

마주쳐 비껴서기엔
너무 좁은 외다리에

발자국 가슴에 묻고
河心으로 피는 꽃.

봉숭아

왈칵 눈물 쏟을까 고향 뒤란 불러놓고
스물한 해 짧은 인연 마디마디 접어가신
그 여름 시들던 꽃대 누님 얼굴 앉았다.

뉘 몰래 벙글다가 천둥 소리에 베었던지
손톱달에 번져가는 발그레한 눈물자욱
치켜맨 무명옷자락 자꾸만 얼비치네.

홀로 떠난 그 먼 길을 다시 홀로 찾아와서
그 상처 도질까 봐 잎뒤에 숨어 피어
생인손 절절한 아픔을 꽃물로 쏟고 있네.

메밀꽃 생각

흐드러진 춤사위에
묵정밭이 따스하다

하얀 꽃 목을 빼고
누구를 기다리나

바람에
몸 부딪는 소리
낮달이 듣고 있다.

무명 치마 끈을 풀던
성서방네 달뜬 처녀

소금 뿌린 달빛 안고
몸을 떨던 허생원이

올해도
메밀꽃 필 무렵
可山* 등에 업혀 올까.

* 可山: 이효석의 호.

첫 눈

온다는 그 한마디
차마 할 수 없었느냐

아무런 기별 없이
느닷없이 찾아와서

맨가슴
흔들어대며
젖어드는 너의 체온.

목련 필 때

등시린 정맥 끝에
꼬마 전구 걸어놓고

꽃불을 입에 문 채
한 발 앞선 님 마중 길

터질 듯
부풀어 오른
앞가슴 동여맨 채.

눈길 한 번 닿지 않은
저 부신 속살 앞에

바람도 실눈 뜨고
가지 끝에 서성이고

고운 님
발걸음 소리
귀 기울여 듣는다.

아파트 매미

벗어던진 7년 허물
이레 동안 끌어안고

이승의 짧은 햇살
단내나게 들이키다

제 흔적 지우는 아픔을
가지마다 떨궈놓네.

그 여름 울다 떠난
칠흑 속 폭우처럼

멍울 진 피울음을
마지막 쏟아내며

또다시 부활의 꿈을
창가마다 심고 있다.

눈은 내리고

온종일 눈은 내리고
피의자는 말이 없다
무채색 동양화 한 폭
배심원도 죄명을 몰라
이대로
다 덮어두고
눈처럼만 살라 한다.

지상은 하얀 백지
쓰고픈 말 아껴가며
가끔씩 태엽을 감듯
생각도 죄어 보면
난분분
저 흰 꽃잎이
한 줄 시로 쌓인다.

제4부
곶감

몸 안 가득 사려넣은 해와 달, 파란 하늘
할아버지 기침 소리 그 안에 배었는지
하얗게 분이 난 몸에 고향집이 앉는다

노을

홀로 붉어지는
목숨을 배운 후에

단단히 빗장 거는 법
이렇게 익힙니다.

수줍은
하현달 뒤로
점점이 지는 꽃잎.

곶감

뒤란 감나무는 늙을수록 힘이 부쳐
가을 등짐 하나씩을 장대로 덜어낸다
고단한 햇살의 무게도 망태기에 담으면서.

탐스런 분신 몇 개 공양으로 남겨놓아
무서리 지난 후엔 속살까지 물들이고
까치밥 환한 하늘 길 보시하듯 달려 있다.

탐욕에 지친 세월 한 꺼풀 벗겨내어
올망졸망 세상사를 싸릿대에 달아놓고
맛깔이 멈춰야 할 자리 눈썰미도 배운다.

몸 안 가득 사려 넣은 해와 달, 파란 하늘
할아버지 기침 소리 그 안에 배었는지
하얗게 분이 난 몸에 고향집이 앉는다.

독도

침묵이 버거워도 꼿꼿이 정좌하고
배달의 혼불되어 누천년을 지켜 왔다
어머니
젖줄로 이어진
우리나라 막둥이.

역사의 질곡으로 상처 그리 깊었어도
움으로 돋은 새살 標石으로 세워놓고
홀로섬 깃발을 들어 모국어로 몸짓한다.

누가 네 목줄기에 비수를 겨누는가
침탈의 1905년*을 뭉개는 자 누구인가
분화구
말문을 열어
불꽃처럼 증언하라.

* 일본은 1905년 을사늑약을 체결한 후 독도를 자기네 영토로 비밀
  리에 편입하였다.

이밥 한 그릇

생존을 심었다, 손바닥만한 논배미에
양극화 그런 말은 있는 줄도 모르면서
찌든 때 가난도 달래며 꿈도 함께 섞어서.

두 주먹 불끈 쥔 채 허리띠 졸라맸다
밤마다 등잔불에 심지 환히 돋워놓고
누렇게 벼 익는 소리 잠결에도 들었다.

오십 년 그쯤 지나 다시 찾은 동구 밖은
다랭이 논 간데없고 지쳐 누운 폐가 한 채
정겹던 고향 하늘도 낯이 선 듯 주춤주춤.

웃음소리 떠나간 곳 갈등만 골이 깊어
벼이삭 살이 올라도 인심은 싸늘하다
그립다, 눈으로만 먹던 더운 이밥 한 그릇.

안과 밖
―제주도 미로공원

지나온 내 시간의
오만한 걸음이었나

막다른 골목마다
변명 가득 남겨놓고

해종일
길눈만 탓하며
원점에서 맴돌았다.

첫 단추 잘못 끼워
끝도 없이 헤매는 길

새삼 다시 느껴 보는
안과 밖의 길목 어귀

내 온 길
뒤돌아보니
미로 속 방황이었네.

단풍 엽서

떠난다는 기별 대신
띄워 보낸 엽서 한 장

사립문 밖 바장이며
새초롬히 시침 떼기는,

내 마음
빨갛게 물들여
답장으로 붙잡을까.

주목(朱木)

헐어버린 목울대로
연명하던 모진 목숨

마주 보던 천 년 사랑
따순 눈빛 거둬간 후

새도록
속울음 토하는 너,
눈뜬 채로 굳은 너.

갈대

떠난 후 남는 것은 길고 먼 저 적멸의 늪
뉘라서 멈춰줄까 처연한 저 요령 소리
애긋게 잊으려 해도 귓볼에 매달린다.

매서운 바람 속에 너 먼저 보내놓고
꿈에라도 오려는가 문고리 열어두네
틈새로 언뜻 보이는 갈대숲의 네 그림자.

풍경(風磬)

언젠가 혼자 듣던
칠흑 속 풍경소리

슬픔의 한가운데
가득히 들어찬다

잔잔한 세월의 그림자
적막한 하늘이여.

속세 떠난 노 스님의
아미타불 염불 소리

연무 속에 떠다니던
흔들림을 재워놓고

홀로 든
어제를 불러
바람 속에 울고 가는.

욕심

가슴 뼈 하나 잘라
명주실 매어 걸고

마음에 촉(矢)을 달아
시위 크게 당기고 보니

과녁이
내 심장임을
손 떠난 뒤 알았다.

못 다 부른 노래

잊자면 정말 잊힐까
정수리를 닫아걸고

뜬눈으로 밝히는 밤
불씨 조금 남겨둔다

업(業)밖엔
가진 게 없어
내어줄 담향(淡香)이 없다.

한시도 잊지 못해
뒤척이는 몸부림을

갈피갈피 고이 접어
머리맡에 뉘어놓고

못 부른
마지막 소절
들어줄 이 있을까.

돛폭

언젠가는 한 번쯤
돌아볼 목숨이기에

포효하는 폭풍 소리
가슴에 다 끌어안고

아닌 듯
시치미 떼는
목이 쉰 저 원음(原音)들.

성난 파도 꼬리 끝에
신열 앓는 우울증도

선미(船尾)에 걸린 두려움도
이끼 털 듯 툭툭 털고

찢겨진
돛폭 올리며
하늘 향해 다시 선다.

쥐불

지상의 소리들이
일제히 들고 일어서

막힌 귀 다문 입을
봇물처럼 트고 있다

잠자던
생명의 눈빛
휘장처럼 내어 걸고.

오롯한 풍년의 꿈
이랑 가득 뿌리면서

또 한 해를 준비하는
불꽃들의 소신공양

장엄히
소지 올리며
어둠을 다 사룬다.

겨울 입문

가을 끝 파장인가
작별 인사 분주하다

한마디 기별도 없이
질러 온 무서리가

서둘러
죽지 내린 채
방점 하나 찍고 간다.

애시당초 어둠이란
너와 나를 가르는 벽

버거워 몸부림치면
점점 더 조이는 절망

벼랑 끝
다다르고 보니
지는 일도 아름답다.

별을 단 사람들
―아우슈비츠 수용소에서

한 맺힌 울부짖음 목울대에 매어놓고
죄 없는 죄인되어 별 하나 족쇄로 단 채
날마다 죽음을 향해 하루 해를 잘라낸다.

앙상한 뼈 추스리며 짐승처럼 길들여져
생과 사 문턱에서 통곡을 쏟아낼 때
그 눈물 마르기도 전 섬뜩하게 열리는 문.

죽음의 가스실에서 벌거숭이로 몸부림치다
마지막 비명 소리 침묵으로 멈춘 후에
한 줌의 재가 되어서야 비로소 찾은 자유.

산 자는 누구를 위해 진혼곡을 울리는가
두 손 모아 기도해도 타는 목마름 뿐
용서를 모르는 역사, 뒷모습이 밟힌다.

숨어 우는 모래 소리
—돈황 명사산에서

노을 진 땅거미에
낙타 울음 잦아드니

뒤척이는 나그네 맘
초승달에 비끼는데

명사산(鳴砂山)*
숨어 우는 소리
이명으로 떠돈다.

바람에 베인 상처
밤만 되면 다시 도져

알알이 맺힌 슬픔
명치끝이 시려온다

새도록
글썽이던 눈물
못[沼]으로 고인 월아천.

* 명사산(鳴砂山) : 돈황에 있는 모래산으로 밤이면 모래들이
  우는 소리를 내어 붙여진 이름. 이 명사산에 월아천(月牙泉)
  이라는 오아시스가 있다.

옐로스톤 아티스트 포인트에서

폭포의 장

에도는 포말 속에 드러나는 하얀 속살
한 생애 한데 엮어 기둥처럼 세웠다가
아득한 절벽 아래로
비명을 쏟고 있다.

절벽의 장

무지개 절벽 위에 켜켜로 심은 전설
물소리 불러 내어 오늘 다시 씻기는지
바람도 벼랑에 매달려
비경 한 폭 펴고 있다.

계곡의 장

신들이 내려와 머물다 간 계곡인지
수정보다 맑은 물에 구름 한 점 띄워놓고
하늘도 물살에 반해
제 모습을 씻고 있다.

얼마나 많은 신비 굽이마다 감췄길래
빙하를 녹인 숨결 구슬처럼 투명할까
물살에 나를 뉘우면
백팔번뇌 잊을 테지.

한의 장

탐욕의 말굽 아래 짓밟혔던 축복의 땅
힘없이 스러져 간 영문 모를 슬픈 전설
그 옛날 인디언의 북소리
한을 안고 절규하듯.

프라하의 봄*
―바츨라프 광장에서

민주화 깃발 아래
귀한 목숨 내던지고

붉은 피 점점이 흘려
바츨라프 광장을 물들이던

꽃다운 젊은 열사가
프라하의 봄을 연다.

그 새싹 눈트기 전
꽃대 자른 붉은 군대

스메타나의 "나의 조국"
볼타강에 넘치는데

산자여 그날의 함성
증언하라, 온 세계에.

* 프라하의 봄 : 1968년 체코슬로바키아의 당 제1서기 두프체크에
   의해 시발된 자유화 운동.

삶의 성찰에서 만난 사유의 시간

박현덕(시인)

1

오늘날의 문학은 타자와의 관계 속에서 상호공존하고 있다는 점에서 중심이자 주변이기도 하다. 그런 가운데 시조에서의 사유는 시간과 관련하여 자신의 영역을 더 확장시킨다는 생각이 든다. 이정원의 시집을 살펴 읽으며 하찮고 사소한 것에 입김을 불어넣어 우리의 마음을 붙잡는 시인의 힘을 만난다. 개인적 체험에서 만난 일상의 표정들이 사회문제에 대해 끊임없이 천착하는 모습을 보이면서 한편 자신의 존재를 들춰 본다. 이러한 경향은 자유시의 영역으로 편입하려는 것이 아닌 그 정형성 안에 시대와 함께하려는 오롯한 시세계를 구축함에 있다.

시조 역시 시대와 맞물려 변모한다. 고시조의 형식장치를 그대로 계승하면서도, 시대에 맞는 형식의 운용과 내용의 변화를 꾀하는 것이야말로 시조를 창작하는 시인들의 과제다.

정형의 그릇에 많은 이야기를 담아내려고 하다 보면, 자칫 자유시처럼 시적 흐름이 늘어지고 우리만의 율이 갖는 '리듬'이 무너지는 경우가 있다. 이는 시조가 현대와 접목해 행과 배열이 느슨해지면서 생기는 현상이지만, 종래 시조의 보법에서 벗어난 여러 시도들로 인해 보다 더 시조의 시적 구조가 탄탄해졌다고 보아야 할 것이다. 그리하여 시대의 급박한 변화는 여러 문학에서 나타난다. 현대사회의 여러 양상들을 작품 속에서 승화하며 질적 변화를 시도하는 것이다. 시조도 시대의 거센 물결 앞에 그 흐름을 관조적 자세로 지켜보지 않고 우리말의 가락으로 명확하게 불길로 솟구칠 것 같은 이야기를 진솔하게 담아내고 있었다.

첫 시집 『현기증을 앓는 가을』을 통해 이정원 시인이 보여준 율의 노래는 서정의 이미지가 선명하다. 조바심 내지 않고 지난 삶의 흔적을 천천히 짚어간다. 그가 율의 가락으로 뽑아낸 섬세하고 감성적 표현들이, 표출한 서정의 밀도는 참 맑다.

2005년 등단 이후 두 번째 시집 『39도 5부』를 내는 이정원 시인의 시세계는 여러 각도에서 변화를 보였고, 주된 시적 흐름이 세 갈래로 이어진다. 이 강의 흐름이 큰 지류로 모이는 곳에서 우리는 '실낱같이 얽힌 緣을/자르기가 쉬우랴만//자식 향해 늘 비워둔/가슴 한복판에//즈믄 밤/눈물로 고인다,' (「어머니 생각―옹달샘」)처럼 어머니를 여읜 슬픔을 못 견디는 아픔의 흔적과 '피곤한 삶의 마디에/놓여 있는 말없음표//빛살로 엉킨 갈등/여울목에 흘려보내고//실눈 뜬/강변을 돌며/잠 못 드는 서울 불빛.' (「서울 불빛」)에서 세상과 화해를 꿈꾸며 수천 수만의 거창 오리 떼가 날아가는 하늘을 담아내고자 했던 삶의 몸부림을 느낄 수 있다. 이러한 경향 속에 다른 심상 하나를 발견할 수 있다. '속을 비우기가/어디 쉬운 일이던가//올곧게 지켜가는/너를 보면 알 것 같다//마음이/휘는 고통을/댓바람은 알려나.' (「대나무」)를 통해, 시인이 자연물을 시적 대상으로 삼아 '나'의 감정을 이입시켜 세상을 바라보는 것이다. 이는 온몸의 감각기관을 열어 지난날의 흔적을 더듬어 본다. 이처럼 이번 시집에서 감각적 심상이 차지하는 비중은 매우 크다.

시집 『39도 5부』에서 삶의 상처와 어머니에 대한 그리움을 한 송이 한 송이 꽃으로 피워내는 그 꽃 사태를 보자.

2

이정원 시인의 『39도 5부』를 관류하는 기본 정신은 '어머니' 다. 그는 어머니를 시적 대상으로 이끌어 낸다. 지고지순한 어머니의 사랑을 통해 시인이 나타내고자한 사유에 대한 깊이의 시작은 그리움이고 어머니가 걸었던 험한 길들을 시인은 더듬어 본다. 다시 기억으로 재회하는 시의 만남은 연작 「어머니 생각」으로 귀결된다.

유년과 가난이 이 시적 공간에 되살아나 단순히 바라보며 회상(回想)하는 것에 머물지 않고 '율' 의 가락 속에 녹아드는 여성성의 정조나 가난을 극복하려는 의지적 어머니의 모습을 비추고 있다. 결국 시인이 처음 머물었던 곳, 그리하여 성장하면서 삶의 고난을 극복하려는 '나' 를 키워준 어머니의 삶 전체를 아우르면서 구체적인 형상으로 떠올린다.

살아 움직이면서 힘차게 다가오는 어머니의 지고지순한 삶 속에서 지금의 내 모습과 연결짓고 있다.

빛 바랜 하루 끝을

호롱불로 밝혀놓고
느슨한 허리춤에
매달리는 고단함을
다독여
마름질하듯
또닥또닥 두드린다.

죄없이 엎드린 가난
한을 풀 듯 두드려도
목울대에 차오르는
앙금으로 쌓인 설움
아직은
그칠 수 없네
중중모리 회심가여.

십 리 밖 먼길까지
장단 맞춰 뽑아내면
명치 끝에 맺힌 멍울
온 밤내 삭으련만
꿈길에
어머니 만나
그 가락을 맞춰 볼까.
　　　―「어머니 생각―다듬이」 전문

이 시의 부제는 '다듬이'로 여인을 상징하고 있다. 옷이나 옷감 따위를 방망이로 두드려 반드럽게 하는 일을 가리킨다. 시인은 고즈넉한 밤, 마을에 낭창낭창하게 울리던 그 소리를 떠올렸다. 그러나 「어머니 생각」 연작 중 다른 작품에서도 소리의 이미지가 나온다. '지루한 장마 끝에 처마 밑에 매달려서/가난을 찧으시던 어머니의 야윈 손등' 처럼, 여름날 처마 밑에서 떨어지던 낙숫물 소리를 통해 시인은 '빗소리'가 어머니의 '눈물'이라고 소리를 바꾸며 가난을 환기시킨다.

첫째 수의 '빛 바랜 하루 끝'에 어머니는 호롱불을 밝혀 고단한 일상을 '다듬이질'로 마무리한다. 자신의 고통을 다독이듯 다듬이로 울분을 풀었다. 둘째 수에 이르러 그 가락에 맞춰 어머니는 '아직은/그칠 수 없네/중중모리'로 내적 슬픔을 흥겨운 노래로 승화한다. 어머니는 '명치 끝에 맺힌 한'을 회심가로 온 밤내 풀었던 것이다. 시인은 어머니의 다듬이질을 생각하며 꿈길에 그 가락에 맞춰 나도 흥겨움에 취해 볼까 독백을 하고 있다. 이 시는 어머니에 대한 절절한 그리움을 보여준다.

추임새 하나 없이 혼자서 부르시던

서리서리 돋는 한을 빗소리로 듣는다
홑이불 시침질 끝에 땀땀이 꿰던 독백.

홀로 견디느라 등굽어 휘인 생애
먼저 가신 님 생각도 백발처럼 바래더니
한 많던 구십삼 년 세월 꼭 쥐시고 가셨는가.

해마다 이맘때쯤 아버님 동행하여
애지중지 키워냈던 자식새끼 반가워서
더운 밥 한 그릇에도 미소 환히 지으시리.
　　　　　　　　　―「어머니 생각―기일(忌日)」 전문

　문학은 삶을 비추는 거울인데, 그 속에 등장하는 어머
니는 초인적 삶의 자세를 자녀들에게 가르친다. 또한 그
러한 것들을 몸으로 실천하며 보여준다. 정완영의 「호박
꽃을 바라보며」와 막심 고리끼의 「어머니」, 신경숙의
「엄마를 부탁해」, 김애란의 「칼자국」 등의 소설을 통해
서도 자식을 향한 아낌없는 희생을 한 어머니의 존재를
부각시키고 있다. 어머니는 풀잎처럼 바람 앞에 고개 숙
일지언정, 꺾이지 않고 다시 꼿꼿하게 일어서는 강인함
을 지닌 존재다.
　해마다 돌아오는 제삿날을 부제로 한 작품 「어머니 생

각」에서 시인은 늦저녁 '혼자서 부르시던/서리서리 돋는 한'을 빗소리로 듣는다. 그것은 어머니가 홑이불을 꿰맬 때 부르시던 독백처럼 들려오지만, '기일(忌日)'이 빗소리를 통해 '등 굽어 휘인 생애' 속에서 구십삼 년을 살다 가신 어머니의 세월을 유추해 본다. 그래서 '아버님을 동행하여' 자식을 만나러 온 날. '더운 밥 한 그릇에도' 미소를 지으시는 어머니를 하루의 절정인 '밤'에 만나는 것이다. 이런 어머니의 모습은 '쓰러질 듯 일어서는 한 생이 펼쳐 있다/어머니 살아생전이 늦가을로'(「어머니 생각—억새밭은」) 다가와 출렁이는 억새의 질긴 생명력에서 시인은 제 몸 안에 모든 고난을 추슬러 산 고결한 삶을 억새로 상징화하여 다시 발견해 내고 있다.

   3

  시집 『39도 5부』의 시편들을 보다가 중요한 관점 하나를 발견한다. '거미, 꽃밭, 강, 가을, 금강초롱, 나팔꽃, 대나무, 민들레, 봉숭아, 메밀꽃, 갈대' 등의 자연 대상물을 노래하는 시들이 많다는 것이다. 곤충과 식물들의 대체역사를 통해 자신의 감정을 이입, 모든 사물을 재인

식하고 새롭게 재현한다. 그런 시적 형상화의 과정이 자연세계와의 교감을 통해 생명력 있는 자신의 역사를 노래하는 것이다.

떠난 후 남는 것은 길고 먼 저 적멸의 늪
뉘라서 멈춰줄까 처연한 저 요령 소리
애긋게 잊으려 해도 귓볼에 매달린다.

매서운 바람 속에 너 먼저 보내놓고
꿈에라도 오려는가 문고리 열어두네
틈새로 언뜻 보이는 갈대숲의 네 그림자.
　　　　　　　　　　　　　　　　　　—「갈대」 전문

　작품 「갈대」에서 시인은 지나온 길을 뒤돌아보며 내적 성찰을 보이며, 자연에 대한 새로운 발견을 표출하고 있다. 바람에 거칠게 몸부림치는 앙상한 '갈대'의 모습에서 다 떠난 후의 '적멸의 늪'을 느끼고 문득 저것은 마음을 울리고 가는 '처연한 요령 소리'라고 구체적으로 묘사하고 있다. 더구나 '귓가에 매달리는' 그 소리가 아쉬움으로 다가온다. 이렇듯 자연세계에 대한 서정의 융화는 갈기 세운 바람 속에 '너 먼저 보내놓고', 꿈결에라도 시인은 '문고리 열어' 두며, 자신의 삶도 긴장의 연속이

었음을 말해 준다. 즉 자연과의 교감을 이뤄 성찰적 자아의 모습을 이끌어 낸다.

이러한 성찰의 시학은 '날마다 조금씩 잔뼈가 깎였다/몸살을 앓도록 맨살을 저며냈다' (「조약돌」)처럼, 돌멩이가 세월이 지나면 모래가 된다는 깨달음으로 시인이 발견해 내는 삶에 대한 성찰은 더 깊어진다. 이를테면 '사위는 노을 자락/눈시울에 내려놓고//고갯마루 넘어가는/내 무게는 얼마일까' (「노을로 서서」)에서 시적 대상에 자신의 감정을 전이시키면서 시인은 차분하고 담담한 어조로 읊조린다. 결국 자연 사물과 삶이 혼연일체가 되어 시간의 초월을 토로한다. 다음 작품을 통해 시인이 추구한 성찰의 밀도가 '나' 에 머물지 않고 하나가 된다.

절절한 네 생각을
바람이 다 업어가고

긴긴밤 촛대 끝에
눈물로나 맺더니

다 못한
내 한마디가

눈썹달로 뜨는 밤.
　　―「초승달」 전문

　밤하늘에 처연한 모습을 드리운 누이의 눈썹 같은, '초
승달'의 이미지가 청각적 울림을 통해 '바람→눈물→눈
썹달'로 확장되어 간다. 어느 바람 부는 밤. '절절한 네
생각을' 다 업어간 주체는 바람이지만, 그것으로 인해
불안정한 현실상황이 '촛대 끝에' 눈물로 맺힌다. 이 눈
물은 현재적 시간 안에 자리 잡고 있는 '고통'으로 울음
소리를 들려주면서, 끝내는 마음을 다 채우지 못한 '달'
로 뜬 풍경을 제시하고 있다. 송수권과 서정주의 시에서
드러난 '눈썹'의 의미가 관념적이고 상징적이라면, 「초
승달」에서 보인 '눈썹'은 다 못한 내 한마디의 恨으로
남아 우리와 소통한다.
　작품 「초승달」과 연결되는 시들로는 '뼈 속까지 타겠
구나 몸 저리 끓다 보면/뜬눈으로 뒤척이던 오랜 날의 열
병처럼'(「가을 백담사」), 또는 '속을 비우기가/어디 쉬
운 일이던가'(「대나무」)를 통해서도 시인은 자연과 일치
된 정서를 이루며, 삶에 대한 진솔한 인식과 성찰적 모습
으로 그려진다.

4

　시인은 사진가처럼 관심을 가진 대상에 직접 다가간다. 사물이나 이야기를 렌즈에 담듯이 내 삶의 일부로 가져와 영혼을 심는다. 시인이 삶을 살아가는 과정에서 얻어지는 경험적 산물에 의한 것일 수도 있지만, 대개는 현실적 삶의 문제를 들춰 보며 나와 동일시하는 것에서부터 출발한다. 시인이 일상을 통해 얻을 수 있는 이 시의 '씨앗' 들은 문자로 인화시켜 삶의 일부로 차용하는 것이다. 그래서 시인이 발표한 작품 속에서 그 특유의 정서를 느낀다. 이정원 시인 역시 자신의 삶 곳곳에 스민 시의 '씨앗' 들을 발아시키는 과정에서 현실인식의 문제나 인생의 의미를 이끌어 내고 있다.

들숨도 열에 들뗘 잉잉 귀에 울고
먼 별빛 한 끝을 바라 초야처럼 숨죽이면
눈금은 한계선을 넘어 갈림길을 오간다.

가슴을 저며놓는 그렁이는 눈물 받아
소름처럼 돋아나는 그리움 너는 알까
사랑니 덧나는 밤을 몰래 품어 앓는가.
　ー「39도 5부」 전문

시인이 직접 체득한 '고열 증상'을 작품 「39도 5부」로 나타냈다. 며칠 동안 고열에 시달리다 보면, 온몸은 옴짝달싹할 수 없는 지경에 이른다. 어찌 보면 그 고열로 인해 무수히 걸었던 그 길과 길 너머 나의 존재를 이끌어 내며, 사소하게 흘러가는 강물 같은 '눈물'로 알레고리의 시학을 제시하고 있다. 고열로 숨이 쉬기 불편하고 자꾸만 '잉잉 귀에 울고', 시인은 전날 밤부터 이튿날 아침까지 생의 한계선을 지나 문득 '갈림길을 오간다', 그러다가 몸 가득 소나기가 훑고 지나간 뒤, 그것을 눈물로 되받아 삶에 대한 집착을 내보인다. 시인을 둘러싸고 있는 고통의 환경을 딛고 일어서려는 '사랑니 덧나는 밤'을 맞이하여 인간 존재를 회복하고자한 자아 내부의 정서를 펼쳐 보인다. 생의 갈림길에서 만나는 음울하고 마음 약한 의지력이, 눈물로 드러나면서 자아와 대화를 통해 고통을 극복하려는 내면세계를 드러내는 작품이다.

예컨대 시인의 마음 가운데에서 용솟음치는 생의 의지력은 '그 여름 울다 떠난/칠흑 속 폭우처럼//멍울 진 피울음을/마지막 쏟아내며//또다시 부활의 꿈을/창가마다 심고 있다.' (「아파트 매미」)에서처럼, 매미를 치환하여 여름을 풀어가는 이 시에서 그 울음 속에 들어 있는 가슴에 쌓인 한(恨)을 끌어올려 열린 세계를 향해 귀의한다. 이렇게 가슴속으로 아우성치듯 일어서려는 의지는 '세월의 음계인 양 높낮이로 정좌하고//아슴한 는개 속에 꿈꾸는 나이테여,//음이월/달뜨는 소리에/초록이 눈을 뜨고' (「나무, 눈뜨다」)서 긴 겨울을 지나 봄의 생명력이 꼿꼿하게 직립하는 푸른 환희를 노래하고 있다.

한 많은 영욕의 역사
몸을 떨며 지켜보던

당신의 그 큰 가슴
휑하니 뚫렸습니다.

다 마른 눈물이 되어
활활 타고 말았습니다.

대한민국 국보 1호가
맥없이 주저앉은

단청이 울기까지
육백 년이 울기까지

무엇을 대신하려는
소신공양입니까?
—「아, 숭례문」 전문

　이정원 시인의 시 중 민족의 역사와 마주하면서 그 고뇌를 노래한 작품들도 있다. 대표적 작품이 「아, 숭례문」이다. 하룻밤 사이에 국보 1호인 '숭례문' 이 화재로 인하여 소실된 것을 시인은 안타까워한다. 이 숭례문은 남대문의 또 다른 이름이며, 조선 시대 한양 도성의 남쪽 정문의 이름으로 서울 사대문(四大門)의 하나이다. 민족의 자존심과 같은 국보 1호가 불탔다는 사실에 시인은 '당신의 그 큰 가슴' 에 깊은 상처가 났다고 통찰하며, 마침내 가슴 안의 눈물도 '활활 타고' 말았다고 울부짖는다. 그러나 둘째 수에 이르러 시인의 태도는 역사적 실존에 입각한 자세로 '무엇을 대신하려는/소신공양입니까?' 로 활활 타오르는 숭례문의 모습을 시인과 우리 모두가, 하나가 되는 울음소리로 전이된다. 이 울음은 모든 것을 안고 가는 불결이다. 역사를 되살려 내는 이정원 시인의 '율' 의 시편들은 다음 작품을 통해서도 극명하게 드러난다.

시인의 역사적 태도는 '누가 네 목줄기에 비수를 겨누는가//침탈의 1905년을 뭉개는 자 누구인가//분화구/말문을 열어/불꽃처럼 증언하라.'(「독도」) 와 '앙상한 뼈 추스르며 짐승처럼 길들여져//생과 사 문턱에서 통곡을 쏟아낼 때//그 눈물 마르기도 전 섬뜩하게 열리는 문.'(「별을 단 사람들―아우슈비츠 수용소에서」) 들여다보면, 독도를 침탈하려는 일본의 만행에 다시 '을사늑약'을 떠올린다. 더 나아가 아우슈비츠 수용소 가스실에서 죽음을 맞이한 유태인을 통하여 민족의 자주성을 잃어버린 참상을 우리의 삶과 연결지어 보여주고 있는 것이다.

5

삶의 성찰을 견지하고 자연과 일치의 정서를 이루면서 자기만의 시세계가 있음을 알게 되었다. 한편, 시인의 체험적 세계와 결합된 역사적 세계를 엿볼 수 있었으며 삶의 과정 속에서 체득되는 문제들을 잘 추슬러 구체적 질문을 던지는 현실인식의 힘도 느꼈다.

그의 시집 『39도 5부』의 가장 큰 지류는, 시간을 껴안으면서 거둬들이는 성찰의 과정이다. 녹록치 않은 우리

들이 삶 속으로 시도 때도 없이 들끓어 오르는 것들을 서
늘하게 식혀주고 쓰다듬는 눈길을 그는 지니고 있다.